ISBN 978-3-8339-0193-5

Originalausgabe
Alle Rechte vorbehalten

Lektorat: Ulrike Dick
Satz + Lithos: Helmut Schaffer
Umschlaggestaltung: Klaus Baumgart

Printed in Germany
Druck und Bindung: Himmer AG, Augsburg

Gesamtverzeichnis schickt gern:
Baumhaus Verlag GmbH, Scheidtbachstraße 23-31, D-51469 Bergisch Gladbach
Neue Adresse ab 1.1.2010: Schanzenstraße 6-20, D-51063 Köln

www.baumhaus-verlag.de
www.keinohrhasen.de
www.zweiohrkueken.de

5 4 3 2 1   09 10 11 12 2013

Klaus Baumgart · Til Schweiger

Keinohrhase
und Zweiohrküken

BAUMHAUS
VERLAG

Es gibt Hasen,
die haben

dicke,

dünne,

lange,

eckige,

oder
geknickte Ohren.

runde

kurze,

Und es gibt einen Hasen,
der hat keine Ohren.

Er kann alles, was
ein Hase können muss:

In Windeseile von hier nach da ...

... und von da nach hier rennen.

Er kann genauso hoch springen
wie die anderen Hasen

und genauso tiefe Löcher
buddeln wie sie.

Der Keinohrhase kann auch in
null Komma nichts einen riesigen
Berg Karotten wegraspeln,

und beim Versteckenspielen
ist er sogar der Beste.

Hase

Keinohrhase

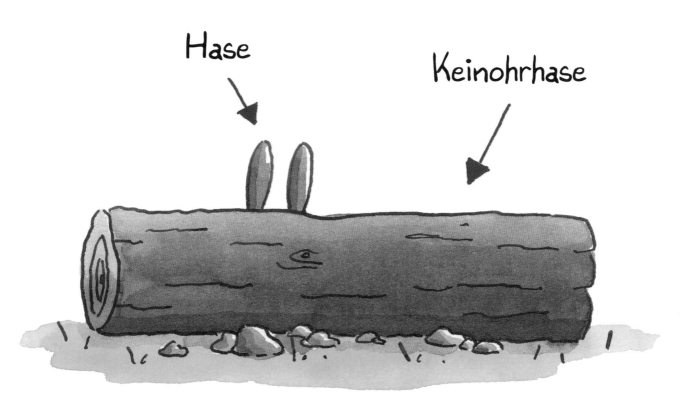

Trotzdem will keiner der
anderen Hasen sein Freund sein.

Denn ein richtiger Hase
hat Ohren, sagen sie.

Selbst der Fuchs rennt
ihm nicht hinterher. Er jagt
nur Hasen mit Ohren.

Der Keinohrhase ist darum
oft allein.

Aber eines Tages findet
der Keinohrhase ein Ei.

Er hängt überall Zettel auf:
„Ei gefunden!"

Die anderen Hasen lachen über ihn:
„Jetzt hat der Keinohrhase auch noch
ein Ei gelegt!"

„Blödhasen", denkt der Keinohrhase,
trottet nach Hause und wartet, ob sich
jemand meldet. Aber nichts passiert.

Einmal klingelt
es, doch da ist
der Keinohrhase
gerade beschäftigt.

Er bringt das Ei zum Fundbüro.
Doch niemand vermisst ein Ei.

„Aber du hast anscheinend ein paar Ohren verloren. Wenn welche abgegeben werden, sagen wir dir Bescheid!", sagt der Mann hinter dem Schreibtisch und grinst.

„Blödmann", denkt der Keinohrhase, nimmt das Ei und geht wieder nach Hause.

Dort findet er heraus, dass Tiere, die aus Eiern schlüpfen, so winzige Ohren haben, dass man sie nicht sehen kann. „Toll!", denkt er, „Das Tier aus dem Ei wird mich nicht auslachen!"

Von diesem Tag an lässt der Keinohrhase das Ei nicht mehr allein.

Er liest ihm aus seinem
Lieblingsbuch vor,

bringt ihm das Schwimmen bei

und zeigt ihm die neuste Mode.

Abends sieht er sich zusammen
mit dem Ei aufregende Krimis an

und ist froh, dass er danach
nicht alleine einschlafen muss.

Der Keinohrhase passt auf,
dass sich das Ei nicht erkältet

und sorgt dafür, dass es immer genug frische Luft bekommt.

Das Ei wird von
Tag zu Tag größer.

Für den Keinohrhasen wird es
immer schwerer, es mitzunehmen.

Und dann passiert es ...

„Au weia!", denkt der Keinohrhase.

Vor ihm steht ein Küken und sieht
ihn ganz verdattert an.
„Ein Küken mit zwei Ohren?"
Der Keinohrhase ist enttäuscht.

Aber das Küken sagt ganz leise „Piep!" und umarmt ihn.

Von nun an sind der Keinohrhase
und das Zweiohrküken die besten
Freunde.

Und dem Keinohrhasen ist es pupsegal,
ob er Ohren hat oder nicht.

Nur das Versteckenspielen
klappt jetzt nicht mehr so gut!

Keinohrhase

Zweiohrküken

Klaus Baumgart, Jahrgang 1951, gehört mit seinen weltweit über fünf Millionen verkauften Büchern zu den international erfolgreichsten Bilderbuchkünstlern. Die Bücher des renommierten Grafikdesigners, für die er zahlreiche internationale Preise und Auszeichnungen erhielt, werden in über 30 Sprachen veröffentlicht. Zu Klaus Baumgarts Gesamtwerk gehören neben der erfolgreichen Serie „Lauras Stern" auch die beliebten „Tobi"-Bücher über den kleinen grünen Drachen sowie die Reihe „Lenny und Twiek" und sein Bilderbuch „Elli, Ungeheuer geheim". Der erste Zeichentrickfilm „Lauras Stern" lief sehr erfolgreich in den deutschsprachigen Kinos und wurde im Jahr 2005 mit dem Bundesfilmpreis als bester deutscher Kinder- und Jugendfilm ausgezeichnet. Im Herbst 2009 folgte der zweite große Kinofilm „Lauras Stern und der geheimnisvolle Drache Nian". Klaus Baumgart lebt mit seiner Frau, seiner Tochter und Hund Barny in der Nähe von Berlin.

Til Schweiger, Jahrgang 1963, ist als Filmemacher für etliche der erfolgreichsten deutschen Kinoproduktionen der letzten zwei Jahrzehnte verantwortlich: „Knocking On Heaven's Door" (1997); „Der Eisbär" (1999); „Barfuß" (2005); „Keinohrhasen" (2008); „1 1/2 Ritter" (2009). Für seine Filmerfolge erhielt er zahlreiche Preise und Auszeichnungen wie den Bambi, den Jupiter, die Goldene Kamera, den Ernst Lubitsch-Preis und den Max Ophüls-Preis. Er lebt in Berlin und ist Vater von 4 Kindern. Aus dem „Keinohrhasen" ein Bilderbuch für Kinder zu machen war seine Idee.